Unni Lindell (Hg.)

Alte Damen legen keine Eier

Kinder über Liebe, Seele, Sahnetörtchen

Aus dem Norwegischen von Gabriele Haefs
Illustriert von Moni Port

Eichborn.

Titel der Originalausgaben:
Gamle damer legger ikke egg
Skjelettet er et stativ som man kan Lenge fra seg
Kroppen på
Norges første statsminister Let Tor med Hammeren

Die Deutsche Bibliothek – CIP-Einheitsaufnahme

Alte Damen legen keine Eier : Kinder über Liebe, Seele und Sahnetörtchen / Unni Lindell (Hrsg.). – Frankfurt am Main : Eichborn, 1995
ISBN 3-8218-2475-1

Umschlaggestaltung: Rüdiger Morgenweck unter Verwendung zweier Zeichnungen von Mylène Morgenweck und Mecha Wagner
Illustrationen: Moni Port
Übersetzung: Gabriele Haefs
Vorwort: Matthias Bischoff
Satz: Fuldaer Verlagsanstalt GmbH, 36003 Fulda
Druck und Bindung: Wiener Verlag, Himberg
ISBN 3-8218-2475-1

Verlagsverzeichnis schickt gern:
Eichborn Verlag, Kaiserstraße 66, D-60329 Frankfurt am Main

VORWORT

»Kinder und Narren sagen die Wahrheit«, lautet ein zwar ziemlich abgedroschenes, deswegen aber nicht minder zutreffendes Sprichwort. Um Narren soll es hier nicht gehen, aber um Kinder, und wer sich die Welterklärungen der Kids aus Norwegen auf der Zunge zergehen läßt, wird oft erkennen, daß hinter der scheinbar ganz absurden Erklärung ein Fünkchen Wahrheit zu erkennen ist. Denn Kinder nehmen die Welt nicht grundsätzlich anders wahr als die Erwachsenen. Sie sehen genau die gleichen Dinge. Nur: Sie haben noch nicht gelernt, wie sie ihre Wahrnehmung einordnen sollen, sie haben noch genügend Spielraum und Freiheit für eigene Welterklärungen und eigene Wahrheiten, die nicht selten durchaus in sich stimmig und plausibel sind.

»Politiker bewerfen die Leute mit Meinungen« sagt der siebenjährige Thorbjörn. Gibt es eine zutreffendere Beschreibung für Politiker? Oder, noch hintersinniger, von der zehnjährigen Hilde: »In vieler Hinsicht sehen Politiker aus wie normale Menschen. Und zwar, damit sie nicht durchschaut werden.« Dem ist nichts hinzuzufügen. Ob über die Marotten der Großeltern (»Ein Großvater ist einer, der ins Waschbecken spuckt.«) oder die pubertierenden Geschwister (»Pubertät ist dasselbe wie Pickelzeit.«), ob über Sexualität (»Babys werden im Augenblick der Tat gemacht.«) oder Tod (»Es ist traurig, wenn jemand stirbt – vor allem jemand, der dir oft Geld geschenkt hat.«), immer treffen diese Weisheiten genau den Punkt, weil sie keine Rücksichten nehmen und noch frei von Stereotypen sind.

Die in diesem Band zusammengestellten Zitate hat die norwegische Autorin Unni Lindell in Schulen und Kindergärten gesammelt. Doch überall haben Kinder diesen unvorstellbaren, unbekümmerten Blick auf die Welt – vielleicht ja ganz in Ihrer Nähe. Wenn Sie also selbst Kinder haben oder viel mit Kinder zu tun haben, dann hören Sie mal genauer hin. Und vielleicht haben Sie ja sogar Lust, ein paar Zitate aufzuschreiben und an den Verlag zu schicken (Stichwort »Kindersprüche«); wir würden uns darüber freuen.

Über Omas und Opas, alte Zeiten und das Leben überhaupt

Die Menschen stammen von den Affen ab. Alte Menschen stammen noch mehr von Affen ab. Außerdem kenne ich einen Jungen, der stammelt.

Morten, 5 Jahre

Sehr alte Menschen waren Affen, als sie noch klein waren.

Frode, 4 Jahre

In alten Tagen haben die Leute Dinosaurier und Affen gegessen.

Alexander, 5 Jahre

Wenn ich an meinen Großvater als kleinen Jungen denke, dann stelle ich ihn mir schwarz-weiß vor.

Geir, 7 Jahre

In alten Zeiten wurde die Leute in Rassen eingeteilt – die feinen und die unfeinen. Die feinen waren reich und konnten sich Haargelee und Pomade leisten, die unfeinen mußten sich mit Flöhen und Läusen begnügen.

Gard, 6 Jahre

In alten Zeiten hatten sie die Geschlechterrollen noch nicht erfunden. Da wußten die Männer nicht, daß Frauen genausoviel wert sind. Heute wird uns das schon mit Teelöffeln mit der Muttermilch eingegeben.

Magnus, 8 Jahre

Früher hatten sie keine Geschlechterrollen …

Silje, 6 Jahre

… aber sie hatten Kasserollen.

Morten, 5 Jahre

In alten Zeiten war das Wasser so sauber, daß man darin baden und dasselbe Wasser trinken konnte.

Martinus, 6 Jahre

Früher hatten die Autos keinen Motor. Sie wurden von Pferd und Wagen gezogen.

Tiril, 6 Jahre

In alten Zeiten waren die Leute nicht so verwöhnt. Sie hatten kein Spielzeug und keine Sofakissen und keine Kekse. Was sie hatten, waren eher graue Sachen, die für die Natur gefährlich waren.

Haakon, 6 Jahre

In alten Zeiten haben die Leute Kühe gepeitscht und das Heu mit der Gabel aufgerissen.

Eric, 6 Jahre

In alten Zeiten haben die Leute Kinder mit dem Hammer auf den Kopf gehauen, um ihnen Vernunft einzubleuen. Heute ist das durch Gesetz und Ordnung verboten.

Geir, 7 Jahre

In der Schule hatten sie früher verschließbare Tische. Darin hatten die Leute kleine Apfelsinen und Lineale und vielleicht auch altes Papier. Und sie hatten Peitschen. Die Peitsche wurde gezogen, wenn sie sich verrechneten oder nicht wußten, wie ein Buchstabe hieß. Dann weinten sie und erzählten das ihren Eltern, aber die fanden nur, das täte ihnen gut.

Eline Louise, 7 Jahre

In alten Zeiten bekamen Kinder keine Ausbildung. Sie wußten nichts über Bücher oder Buchstaben und so. Das wollten sie auch nicht wissen, davon kriegten sie nämlich Kopfschmerzen.

Beate, 6 Jahre

In alten Zeiten waren Kinder gut erzogen. Sie waren so höflich, daß sie keine Fragen beantworteten.

Runar, 6 Jahre

Die Thermoskanne wurde erfunden, als mein Großvater klein war. Davor wurden Ledersäcke als Flaschen benutzt, und dann schmeckte der Kaffee nach Ziegen.

Tord, 5 Jahre

In alten Zeiten war der Zahnarzt ein gefürchtetes Wesen. Er benutzte eine Eisenstange und zog überall Zähne. Er zog sogar Weisheitszähne. Deshalb wußten sie früher auch nicht viel.

Dag Emik, 7 Jahre

In alten Zeiten hatten sie viel Rokokko und Barokko und so...

Alexander, 7 Jahre

... ja, und normalen Rock und Country gab's erst viel später.

Magnus, 5 Jahre

In alten Zeiten heirateten die Leute Menschen, die sie nicht kannten...

Tobias, 6 Jahre

... und Scheidung war verboten, bis der Tod einen geholt hatte und die bösen Zeiten vorüber waren.

Annette, 6 Jahre

In alten Zeiten durfte man sich erst verlieben, wenn man verheiratet war. Und dann schaffte man das vielleicht nicht.

Guro, 7 Jahre

Früher haben die Leute geheiratet, weil der Staat das so wollte und die Pastoren das auch für das Beste hielten. Heute kann man mit einem nach dem anderen zusammenziehen, ohne daß der Staat auch nur mit der Wimper zuckt.

Turid, 7 Jahre

In alten Zeiten bekamen Priester keine Kinder. Das hatte Gott verboten. Er fand das schweinisch.

Sigrid Marie, 6 Jahre

In alten Zeiten hatten die Leute viele Kinder, weil sie so arm waren, daß sie viele Kinder machen mußten, die Geld verdienen konnten.

Irma, 7 Jahre

In alten Zeiten glaubten die Leute, daß der Storch die Kinder macht. Heute sind wir zu moderneren Methoden übergegangen.

Anne-Grethe, 8 Jahre

Früher haben die Leute gelernt, wie man Kinder kriegt, indem sie sich angesehen haben, wie die Bienen die Blumen angriffen. Was dabei herauskam, waren die sogenannten Blumenkinder. Diese Zeiten sind jetzt vorbei. Heute geht man gleich zur Sache und zeigt seine Sachen vor, ohne zu lachen. Nicht einmal Kinder lachen in unserer modernen Zeit *darüber.*

Gro, 8 Jahre

Früher hatten die Leute so viele Kinder, um sich vor den Deutschen zu schützen.

Kine, 10 Jahre

Früher hatten die Leute viele Kinder. Das war praktisch, dann konnten sie voneinander Kleider erben.

Torgeir, 7 Jahre

Die Leute hatten so viele Kinder, weil Frauen nicht arbeiteten, sondern Kinder als Beruf hatten. Und wenn die Kinder größer wurden, waren die Mütter fast arbeitslos, und deshalb mußten sie immer wieder neue machen.

Espen, 7 Jahre

Frauen arbeiteten nicht außer Haus. Die Männer kümmerten sich um den Garten und ums Wasserlassen.

Ragnhild, 6 Jahre

Früher wollten die Leute lieber Söhne haben. Großvater war deshalb in Urgroßvaters Haus ein willkommener Gast.

Gry, 8 Jahre

In alten Zeiten durften die Kinder nicht Mama und Papa sagen. Notfalls konnten sie Mutter und Vater sagen.

Kristian, 6 Jahre

Wenn man heiratet, legt man gegenseitig ein Schweigegelübde ab. Wenn man das nicht hält, wird man geschieden, und dann muß man Lampen und Messer teilen, und meistens kann man sich nicht einigen, wer die Kinder bekommt. Wer sich nicht einigen kann, muß zu einem Börsenmakler gehen. Der entscheidet, daß einer die Kinder kriegt und der andere lieber einen Eßtisch extra.

Regina, 7 Jahre

Wer 65 Jahre durchhält, kriegt eine Goldmedaille. Dann feiern sie Goldene Hochzeit und amüsieren sich. Wer geschieden wird, kriegt bloß Eisenklumpen.

Bodil, 7 Jahre

Die große Liebe wird mit den Jahren größer. Mit der kleinen sieht es nicht so gut aus. Die nimmt schnell ab und endet mit Scheidung in Knall und Geschrei.

Gunn, 7 Jahre

Früher gingen die Pastoren im Faltenrock. Heute ist das nicht mehr modern, aber sie tragen ihn noch immer um den Hals.

Mona, 6 Jahre

Früher hatten die Leute ausgebeulte Hosen und lange Röcke, die alles versteckten. Es war verboten, die Oberschenkel zu zeigen.

Liv Elin, 6 Jahre

Früher haben die Leute Hosen aus Wurstpelle getragen.

Martin, 6 Jahre

Früher trugen die Frauen lange Unterhosen, weil sie keine Hosen trugen. Stellt euch vor, es ist windig und man macht den Mund auf. Plötzlich hat man den ganzen Hals voll *Wind.*

Mina, 6 Jahre

Meine Großmutter hat erzählt, daß die Mädchen die Beine zusammenkneifen mußten, als sie klein war. Heute macht es nichts, wenn sie ein bißchen mit dem Unterleib wedeln.

Tiril, 7 Jahre

Als meine Oma klein war, mußte sie Wollstrumpfhosen tragen, die unter dem Rock so sehr kratzten, daß die anderen dachten, sie hätte eine Blasenentzündung.

Regina, 8 Jahre

Wenn Großmutter heute jung wäre, wäre sie Busfahrerin, das war zu ihrer Blütezeit verboten.

Linda, 7 Jahre

Man ist nicht älter als man aussieht. Das bedeutet, daß man sehr alt sein kann.

Jonas, 7 Jahre

Alte Damen sind oft dick. Nicht, weil sie soviel essen, sondern weil sich das, was sie essen, in Kuppeln ablagert. Genau wie beim Kamel.

Lars, 6 Jahre

Wenn ich irgendwann einmal alt werde, will ich eine Tonne Enkelkinder. Aber Großmutter glaubt nicht, daß ich alt werde, weil ich mir zu meinem vierzehnten Geburtstag ein Motorrad wünsche.

Asbjørn, 6 Jahre

Oma sagt immer, man soll zufrieden sein, wenn man nur Leber und Gesundheit hat.

Hanne Elisabeth, 9 Jahre

Das Alter kommt angekrochen, fast, ohne daß wir das merken. Es fängt im Gesicht an und geht dann weiter nach unten.

Asmund, 8 Jahre

Wenn man älter wird, wird es immer schwieriger, die Körperteile zu bewegen und auseinander zu halten.

Aksel, 8 Jahre

Und wenn man alt wird, kriegt man Aprikosenfarbe im Gesicht.

Jemal, 7 Jahre

Alte Leute leiden an schlechter Gesundheit. Oft schaffen sie es nicht, aufrecht vom Briefkasten zur Kaffeetasse zu gehen.

Lisen, 6 Jahre

Wenn man alt wird, schrumpft der Körper, als ob man ihn in der Waschmaschine gewaschen hätte.

Kaja, 6 Jahre

Alte Leute kriegen Darmverschlingung, und das ist ziemlich gefährlich, weil sich dann die unterirdischen Tunnel im Bauch verschlingen.

Stian, 5 Jahre

Alt werden ist gar nicht schwer. Man braucht einfach bloß mit dem Strom zu schwimmen.

Linn, 6 Jahre

Wenn man alt wird und merkt, daß man nicht sterben will, dann nimmt man einfach Vitamintabletten und ein Abführmittel.

Nina, 6 Jahre

Alte Leute sind lieb und lustig und dick und sehr milde.

Helene, 5 Jahre

Die Adern von alten Leuten sind oft kalkuliert. Deshalb kommt nicht alles zum Gehirn.

Knut Audun, 9 Jahre

Bei alten Damen ist der Blutdruck sehr hoch. Dann sammelt sich alles Blut im Kopf, und der Arzt muß es wieder nach unten pumpen.

Trine, 6 Jahre

Plötzlich erwacht man eines Morgens und hat graue Haare. Man springt aus dem Bett und starrt in den Spiegel, aber es hat keinen Zweck, um Hilfe zu rufen.

Ellen 6 Jahre

Die Haare werden grau, weil die Hirnzellen einschrumpfen.

Erlend, 6 Jahre

Ich glaube, die Haare werden grau, weil sie verwelken.

Kaja, 6 Jahre

Wenn man alt wird, geht man schiefer und schräger, und wenn man die ganze Zeit läuft, wird man schlapp.

Ben, 6 Jahre

Auf glattem Boden ist es hektisch, alt zu sein.

Benny, 7 Jahre

Alten Leuten schlafen die Füße ein, und dann ist es gar nicht leicht, sie wieder zu wecken.

Didrik, 7 Jahre

Alte Leute brechen sich so viele Beine, weil sie über Teppiche und Kanten und Glatteis stolpern. Eine Frau, die nicht unbedingt meine Großmutter ist, hat sich zuerst das eine Hinterbein gebrochen, und dann, als sie wieder gesund war, das Vorderbein.

Roberto, 6 Jahre

Manche alten Damen haben einen Schnurrbart, aber es hat keinen Sinn, ihnen das zu sagen, dann reagieren sie bloß.

Kjartan, 5 Jahre

Mein Großvater ist im Krankenhaus, weil seine Leber ein hartes Leben hatte. Sie ist die einzige von seinen Innereien, die noch schlägt.

Roger, 7 Jahre

Die Nieren sehen aus wie Boxerhandschuhe. Sie hängen auf dem Rücken und sind sehr notwendig. Aber wenn man eine Niere verliert, kann man eine von einer Person, die noch alle hat, übertragen bekommen.

Børge, 8 Jahre

Innerlich sehen alte Leute aus wie normale Menschen, nur ist ihr Skelett etwas gelber und ihr Fleisch etwas lockerer.

Lars Oliver, 6 Jahre

Die Haut von alten Leuten wird zäher …

Stian, 5 Jahre

… und dann löst sie sich irgendwie. Deshalb machen alte Leute ein ziehharmonikaähnliches Gesicht.

Amund, 8 Jahre

… man kann sagen, daß der Speck am Hals hin- und herwackelt.

Gustav, 6 Jahre

… und die Augenlider sind dann ein paar Nummern zu groß.

Simen, 6 Jahre

Eine Großmutter ist eine, die dich mit Zöpfen süß findet, und die dich haßt, wenn du auf die Straße spuckst.

Fride, 6 Jahre

Eine Großmutter ist eine alte Dame, die die Tendenz hat, sich in Kobrapelz zu kleiden.

Otto, 5 Jahre

Großvater mustert mich mit boshaften Augen, wenn ich Bonbons aus seiner Zimtdose klaue.

Kristian, 6 Jahre

Großeltern gibt es in allen Größeren und mehreren Farben.

Hans Oscar, 6 Jahre

Eine Großmutter ist eine, die grauer und grauer wird. Es ist fast so, als ob ihr jemand mit einem Radiergummi die Farbe wegradiert hätte.

Lars, 9 Jahre

Es gibt viele Typen von Großeltern. Manche sind grau, andere jugendlich. Man kann sie in verschiedenen Gruppen einteilen, die, die den Krieg erlebt und die Mittagshöhe hinter sich haben, und die,

die zu jung waren, um ihr Leben zu opfern. Manche Großeltern leben noch immer, andere sind schon als Kinder gestorben.

Stig, 10 Jahre

Krokodile sind alte Tiere. Als sie Kinder waren, hießen sie Eidechsen.

Ingrid, 6 Jahre

Alte Damen nennt man auch Makronen.

Susanne, 6 Jahre

Eine Großmutter ist eine Frau, die sagt, Tran sei gesund, die uns aber nicht zwingt, welchen zu nehmen.

Linnea, 7 Jahre

Großmütter haben riesige BHs. Sie sind so groß, daß ich meinen ganzen Hintern und beide Knie in die eine Rundung stecken kann. In der anderen kann mein Bruder sitzen.

Kaja, 7 Jahre

Eine Großmutter verzeiht dir alle Untaten, sogar die, die du nicht begangen hast.

Preben, 7 Jahre

Eine Großmutter ist eine, in die du dich versenken und in der du allen Kummer ertränken kannst.

Alexander, 6 Jahre

Eine Großmutter ist eine Frau, die als Kind Mama war.

Caroline, 6 Jahre

Ein Großvater ist einer, der ins Waschbecken spuckt.

Andreas, 5 Jahre

Aus der Großmutter ist die Familie herausgekommen. Und da ist es ja kein Wunder, wenn ihre Haut schlaff wird.

Kristine, 7 Jahre

Großmütter haben große Hintern, weil sie so viele auf dem Schoß hatten, daß ihr Unterleib weggedrückt worden ist.

Henrik, 8 Jahre

Bei Großmüttern sind die Busen doppelt sichtbar. Und zwar, weil sie so viele Familienmitglieder gemolken haben.

Heidi, 6 Jahre

Eigentlich ist auf Großeltern kein Verlaß. Plötzlich eines Tages sind sie tot.

Olav, 7 Jahre

Großeltern aus dem 19. Jahrhundert gibt es nur noch in wenigen Exemplaren.

Marianne, 8 Jahre

Nicht alle Großeltern mögen Kinder. Manche verabscheuen sie einfach. Vor allem, wenn sie quer über den Tisch brüllen.

Hege, 6 Jahre

Großeltern sind nicht unbedingt nötig. Eigentlich kann man sie mit Süßigkeiten vergleichen. Oder mit Feuerwerk. Das ist völlig in Ordnung – vor allem zu Sylvester –, aber man sollte in Deckung gehen, wenn es knallt.

Gina, 7 Jahre

Manche Großeltern sind wütend, andere kichern sich schlapp. Einige lieben Kinder, andere kriegen davon Krämpfe. Die, die Äpfel haben, leben am gefährlichsten. Am sichersten leben die im Altersheim.

Truls Eivind, 7 Jahre

In Afrika singen Großeltern Soul und essen Reis mit Stäbchen. Dann binden sie sich das Kind mit einem Taschentuch auf den Rücken. Und da hängt es dann bis spätnachts.

Hanne, 7 Jahre

Schwedische Großeltern sind irgendwie schwedischer als zum Beispiel norwegische oder dänische.

Glenn Emil, 6 Jahre

In China wissen sie Großeltern zu schätzen. Da hören sie zu, wenn die Großeltern etwas zu sagen haben.

Susanne, 7 Jahre

In Amerika werden Großväter als Präsidenten verwendet. Und zwar, weil sie möchten, daß die Älteren ans Licht kommen.

Anne Kathrine, 7 Jahre

Großmütter sammeln Tüten. Und zwar, weil sie im Krieg nichts zu essen hatten.

Kathrine, 6 Jahre

Opa kauft riesige Mengen von Süßigkeiten und ißt die Hälfte dann selber.

Karianne, 7 Jahre

Manche Kinder finden alte Leute eklig. Das finde ich nicht. Ich finde Salamander eklig.

Trine, 4 Jahre

Großeltern sind oft klug, auch wenn sie nicht immer so aussehen.

Hilde, 6 Jahre

Großväter benutzen Superunterwäsche. Die wärmt das, was sie von ihrem alten Schrott vielleicht noch übrig haben.

Per Egil, 6 Jahre

Eine Großmutter ist eine Frau, die keine Zähne hat, aber dicke Oberschenkel. Die legt sie nachts auf den Nachttisch.

Anette, 6 Jahre

Der Unterschied zwischen Eltern und Großeltern ist, daß Eltern ihren Kindern oft keine Süßigkeiten kaufen wollen.

Geir, 5 Jahre

Wenn man Kinder kriegt, muß man daran denken, daß sie Großeltern werden, wenn sie groß sind. Es ist gar nicht sicher, ob ihnen das recht ist.

Carl Ludvig, 6 Jahre

Lieber Großvater,
ich finde, Du hast so eine schöne Brieftasche. Die Farbe steht Dir gut, und sie hat einen so schönen weichen Rand.

Gruß, Jeanette

Liebe Großmutter!
Mama hat gesagt, ich sollte mich für den Pullover bedanken. Danke für den Pullover.

Gruß, Dia

Liebe Großmutter!
Wenn ich Dich das nächstemal besuche, bringe ich eine Freundin mit. Sie (also die Freundin) heißt Nadine und kommt aus einem sogenannten Einwanderungsland. Du darfst ihr nicht zeigen, daß Du sie für eine Einwanderin hältst. Am Besten benimmst Du Dich ganz normal und behandelst sie wie Luft.

Vielleicht kannst Du den Nußkuchen backen. Und Du kannst pfeifen, wenn Du den servierst.

Liebe Grüße, Frida Charlotte.

Ich finde, alle Kinder und alle Alten sollen Freunde sein, und dann können die Mittleren Kriege führen.

Anniken, 6 Jahre

Als Großmutter jung war, hatte sie lange blonde Haare und große schöne Augen, die ihr Gesicht umkränzten.

Heidi, 7 Jahre

Großmutter nennt Vater »mein Junge«. Und dann komme ich mir sehr jung vor.

Sitan, 10 Jahre

Großeltern machen es am liebsten als Gruppe. Das haben sie schon oft getan. Einmal haben sie eine Busreise durch Deutschland gemacht, aber in der Regel gruppieren sie in Spanien. Hunde dürfen allerdings im Ausland nicht gruppieren.

Karin, 7 Jahre

Meinem Großvater ist ein kleiner Metalldetektor ins Herz operiert worden. Da sitzt der nun und tickt wie eine kleine Bombe und paßt darauf auf, daß sein Herz nicht vergißt, den Takt zu schlagen.

Sven, 8 Jahre

Meine Großeltern sind tot. Das ist praktisch, denn dann kann die Familie zu Heiligabend auf dem Friedhof Geschenke austauschen.

Vivi, 7 Jahre

Meine Großmutter ist nicht so alt, wie sie aussieht, und darüber kann sie froh sein.

Ida, 6 Jahre

Großmütter bezahlen im Bus eine Kinderfahrkarte. Auf diese Weise sparen sie Geld und fühlen sich zehn Jahre jünger.

Nanna, 6 Jahre

Meine Großmutter wollte Ballettänzerin werden. Aber dann stellte sich heraus, daß sie zwischen Oberschenkel und Oberkörper zu kurz war.

Christina, 6 Jahre

Großvater macht den ganzen Sommer über Jagd auf Apfeldiebe. Er ist schrecklich streng und kann es nicht ertragen, daß jemand auch nur an einem Apfel leckt.

Kathrine, 5 Jahre

Mein Großvater ist das Lächerlichste, was ich kenne. Wenn er lacht, knackt das ganze Haus.

Linda, 7 Jahre

Mein Großvater hat einen ganz besonderen Geruch. Nicht sauber, nicht schmutzig, sondern irgendwas dazwischen.

Lars Herman, 6 Jahre

Sigvarts Vater ist schon fast sechzig. Alle sagen, er hätte lieber Großvater werden sollen, aber er weigert sich einfach.

Peter, 6 Jahre

Mein Großvater hat als junger Mann im Eisenwerk gearbeitet, er ist also in der Eisenzeit geboren worden.

Marius, 6 Jahre

Meine Großmutter wird meistens Berta genannt, obwohl sie eigentlich Beate heißt. Sie wohnt auf dem Land, auf dem Hof, auf dem sie aufgewachsen ist. Großmutter war Tochter Nr. 5 unter drei Geschwistern. Obwohl sie auf einem Hof wohnt, ist das kein großer Hof, sondern ein kleiner mit nur einem Zimmer und einer Küche. Und einer Scheune und einem Kartoffelkeller. Sie müssen Essen im Supermarkt bestellen, der ziemlich weit wegliegt. Früher war das anders – da hing der Kaufmann an der Ecke!

Melina, 10 Jahre

Abgesehen davon, daß sie tot ist, ist Großmutter meine beste Freundin.

Sonya, 7 Jahre

Großvater ist nett! Wenn er Babysitten soll, brauchen wir nicht zu schlafen, weil er das vergißt. Dann schläft er ein, und wenn er wieder wach wird, hat er das vergessen.

Kjetil, 6 Jahre

Großmutter ist nett, sie macht uns nämlich Papierpuppen. Aber sie hat keine Lust, sie auszuschneiden. Das Lustigste bei ihr ist, daß wir nichts anfassen dürfen. Das ist ganz schön spannend.

Live, 6 Jahre

Am schönsten bei Opa finde ich, daß er er selber ist und nicht so tut, als ob er ein normaler Mensch wäre.

Per-Ole, 6 Jahre

Meine Großmutter findet die jungen Leute heute viel jünger als die jungen Leute früher.

Kenneth, 7 Jahre

Mein Urgroßvater war Goldgräber in Alaska. Er hat massenhaft welches gefunden, aber alles getrunken. Er hat es mit Wein runtergespült.

Thomas, 5 Jahre

Ich werde meine Großmutter nie vergessen. Sie ist jetzt schon seit fünf Jahren tot, aber ich denke immer an sie, wenn ich einen Kanarienvogel sehe.

Mina, 10 Jahre

Papa ist der Thronerbe für Großmutters Geld. Wenn er thronerbt, bekomme ich ein neues Fahrrad und Mama einen Golf.

Tore, 6 Jahre

Großvater macht am liebsten das, wovon andere sagen, er sollte es lassen.

Henrik, 7 Jahre

Großmutter ist in ein Loch gefallen. Später hat sie erfahren, daß das Loch eigentlich gar nicht da sein sollte, und daß sie sich verlaufen hatte.

Andreas, 5 Jahre

Wir haben an eine Illustrierte geschrieben, um eine Großmutter zu finden, die uns liebhat. Aber am Ende stellte sich heraus, daß wir sie liebhatten, und nicht umgekehrt.

Anette, 6 Jahre

Alte Leute sind weich und gemütlich. Sie riechen nach Teddybären.

Heidi, 5 Jahre

Alte Leute haben mehr Erfahrung. Sie verstehen alles, was tief in der Seele sitzt und klären den Alltag auf.

Marius, 7 Jahre

Man kann alte Menschen als Schmusemenschen benutzen. Sie können Märchen erzählen und Waffeln backen und machen, daß sich die Kinder sicher fühlen. Und dann können sie ihnen einen Ring von Selbstvertrauen geben.

Marie, 6 Jahre

Ich mag alte Leute sehr, vor allem die, die Cola im Kühlschrank haben.

Cecilie, 5 Jahre

Wenn wir keine alten Leute hätten, dann würden alle Spazierstockfabriken und alle Gebißmacher konkurs gehen.

Kathrine, 6 Jahre

Es ist wichtig, ein Verhältnis zu seinen Wurzeln zu haben. Darauf haben nicht nur die Bauern einen Anspruch.

Lasse, 9 Jahre

Ein Altersheim ist ein Heim, das kein Daheim ist, das das aber wird, wenn man alt ist.

Preben, 6 Jahre

Ein Altersheim ist ein Ort, wo alte Leute aufbewahrt werden und mit Leuten das Zimmer teilen müssen, die sie nicht leiden können. Sie bekommen Medizinen und Frikadellen, und jeden Samstag Rosinenkuchen.

Lena, 5 Jahre

Ein Altersheim ist eine Art Hundezwinger für alte Leute. Die Familie kann die Alten da unterbringen, wenn sie verreisen oder ihre Ruhe haben wollen. Aber Leinenzwang besteht nicht.

Preben, 6 Jahre

Im Altersheim können sich die Zähne lockern. Alle ziehen abends die Zähne raus und legen sie morgens wieder ein. Und danach haben sie Andacht.

Camilla, 6 Jahre

An Altenfürsorge müssen die Alten sich gewöhnen, ob ihnen das nun paßt oder nicht.

Aina, 8 Jahre

Ein Altersheim ist eine Art Steinhaus, in dem es nach Kirche riecht. Aber Kerzen sind verboten.

Nicolai, 6 Jahre

Im Altersheim riecht es auf dem Flur nach Essen und in den Ecken nach Gott.

Siril, 8 Jahre

Im Altersheim darf man keine Haustiere haben. Und sie müssen sich mindestens alle drei Wochen waschen.

Jørgen Elias, 6 Jahre

In einem Altersheim ist alles mögliche verboten. Zum Beispiel Rollbrett fahren, Kaugummi kauen oder karierte Turnschuhe tragen.

Lars Erik, 7 Jahre

Traurig ist, daß die Alten im Altersheim oft nur sich selber kennen, und daß ihr einziger menschlicher Kontakt der ist, den sie morgens im Spiegel sehen.

Jens Philip, 10 Jahre

Altenfürsorge bedeutet, daß die Alten nicht bei McDonald's Hamburger essen müssen.

Nina, 6 Jahre

Wenn ich bestimmen könnte, würde ich alle alten Leute nach Afrika fliegen lassen, da könnten sie sich sonnen und Farbe ins Gesicht kriegen und vielleicht einen Häuptling von bester Rasse kennenlernen.

Marianne, 5 Jahre

Wenn ich bestimmen könnte, würde ich den Alten Hocker im Parlament geben, und dann könnten sie über ihr Schicksal selber entscheiden.

Trude, 7 Jahre

Der konkrete Unterschied zwischen Mann und Frau schrumpft mit den Jahren ein. Früher war er von beträchtlicher Größe, jetzt ist er fast nicht mehr zu sehen, obwohl alle wissen, daß es ihn irgendwo gibt.

Cecilie, 7 Jahre

Alte Damen legen keine Eier. Wenn sie vierzig oder fünfzig sind, hören Frauen mit Eierlegen auf. Das bedeutet, daß sie keine Leute mehr produzieren können. Die Brutzeit beginnt mit ungefähr vierzehn und dauert bis zum Mittelalter.

Johannes, 8 Jahre

Ältere Leute kriegen keine Kinder. Ihre Eierstöcke sind verbraucht, und außerdem hat der Mann Probleme mit der Prothese.

Stig Petter, 9 Jahre

Alte Männer kriegen ihren Pimmel nicht mehr richtig steif. Und wenn sie das doch schaffen, dann sinkt der mit einem Seufzer in sich zusammen.

Ronny Andre, 7 Jahre

Meine Großmutter sagt, sie hätte das Gefühl, ein kleines Mädchen steckte in ihr. Das glaube ich aber nicht, denn normalerweise kriegt man in so hohem Alter keine Kinder mehr.

Hilde, 6 Jahre

Wenn eine Großmutter in reifem Alter Kinder kriegt, heißt sie nicht mehr Großmutter, sondern Urgroßmutter.

William, 6 Jahre

Großeltern kriegen keine Kinder, weil sie endlich Kondome entdeckt haben.

Vidar, 6 Jahre

Großeltern küssen sich nicht mehr. Deshalb kriegen sie keine Kinder.

Ida, 5 Jahre

Alte Leute können keine Kinder mehr bekommen, weil sie innerlich vertrocknet sind, und Babys brauchen zum Wachsen doch Wasser. Zum Glück sage ich, denn sonst könnte man ja riskieren, daß Großeltern massenhaft Tanten und Onkel bekommen, die vielleicht immer jünger würden.

Martin, 9 Jahre

Wenn alte Leute Kinder kriegen könnten, wäre das ein Problem, die Altersheime sind ohnehin überfüllt, ohne daß es da von Enkeln und Urenkeln wimmelt.

Johannes, 8 Jahre

Eine Schwiegermutter ist die Mutter von dem Elternteil, der eine fremde Familie heiratet.

Victoria, 7 Jahre

Eine Schwiegermutter ist die Strafe dafür, daß man eine Person heiratet, die man nicht kennt.

Pål, 7 Jahre

Eine Schwiegermutter ist eine Frau, die die Gefühle der anderen nicht so ernst nimmt.

Gustav, 7 Jahre

Eine Schwiegermutter ist irgendwie ein Ersatz für die Eltern.

Thomas, 7 Jahre

Die Schwiegermutter ist die Mutter der Gegenseite. Sie ist mit dem Schwiegervater verheiratet, und der hat einen Sohn namens Schwager.

Thale, 6 Jahre

Die Schwiegermutter ist die Mutter von der Mutter, und der Vater fährt nicht gern mit ihr in Ferien, weil sie immer Erbsenpüree kochen will.

Martin, 7 Jahre

Eine Schwiegermutter ist eine Pythonschlange in Menschengestalt.

Didrik, 6 Jahre

Wenn Leute sich scheiden lassen, kriegen sie noch dazu eine Schwiegermutter.

Kaja, 6 Jahre

Schwiegermütter und alte Jungfern müssen immer wissen, wo der Notausgang ist.

Tarjei, 6 Jahre

Eine alte Jungfer ist eine Frau, die Männer haßt, sogar ihre eigenen Söhne.

Arvid, 8 Jahre

Alte Jungfern sind Damen, deren Hornhaut noch ganz ist.

Siw, 10 Jahre

Eine alte Jungfer ist eine alte Frau, die aus natürlichen Ursachen kein Kind bekommen hat.

Sonya, 7 Jahre

Alte Jungfern wissen nicht so recht, wie sie Männer benutzen sollen.

Marte, 8 Jahre

Eine alte Jungfer ist eine Frau, die ihr Bettzeug nicht mit Männern teilen will.

Anine, 6 Jahre

Alte Damen sehen gern nackte Männer, sie wollen das bloß nicht zugeben.

Trude, 8 Jahre

Alte Jungfern mögen Kinder, sie wollen sie bloß nicht im Bauch haben.

Anne May, 7 Jahre

Kinder sollten nicht vergessen, daß auch sie später mal alte Jungfern werden.

Tine, 5 Jahre

Wenn alte Damen sich verlieben wollen, müssen sie zuerst den Portier im Altersheim fragen.

Anneli, 7 Jahre

Es ist nicht so leicht zu wissen, wenn man verliebt ist, aber es ist ein sicheres Zeichen, wenn es im Pimmel kitzelt.

Vegard, 6 Jahre

Wenn sich alte Leute verlieben, brauchen sie nicht aufeinander zu sitzen, sie können ja doch keine Kinder machen.

Trond, 6 Jahre

Alte Männer lieben junge Krankenschwestern. Sie finden alte Damen zu alt, und sie haben vergessen, wie sie selber im Spiegel über dem Waschbecken aussehen.

Lena, 7 Jahre

Großvater ist so alt, daß er nicht mehr weiß, warum er Frauen mag.

Tore, 8 Jahre

Wenn ein Mann zu einer alten Dame »ich liebe dich« sagt, ist sie stinksauer, sie hat es nämlich satt, sich das anhören zu müssen.

Lisa Therese, 7 Jahre

Nach dem Tod kommt man nach Paris.

Kine, 6 Jahre

Es ist schlau, so lange wie möglich am leben zu bleiben, denn wenn wir sterben, werden wir eingegraben, da hilft auch kein Gezappel.

Trine, 6 Jahre

Arme und Beine bleiben auf der Erde, wenn man stirbt. Gott will nur die Seele, weil sie so dünn ist. Für den Rest hat er keinen Platz.

Morte, 6 Jahre

Sterben ist genau so, wie wenn die Sicherungen durchbrennen. Alles wird ausgeschaltet, und der Generator arbeitet nicht mehr.

Sebastian, 9 Jahre

Viele alten Leute sind froh, wenn sie sterben, denn sie sind lebensmüde und haben es satt, so wenig Rente zu kriegen.

Siri Louise, 7 Jahre

Es ist traurig, wenn jemand stirbt. Vor allem jemand, der dir oft Geld geschenkt hat.

Bjørnar, 6 Jahre

Wenn man stirbt, leuchtet vor einem ein Licht auf. Das ist wie im Eisenbahnzug. Auf der anderen Seite ist es hell und licht, und es gibt haufenweise Kioske und Margeriten.

Rune, 7 Jahre

Der einzige Vorteil daran, daß alte Leute sterben, ist, daß man erbt und daß dann im Laden mehr Platz ist.

Linn Beate, 7 Jahre

Jesus liebt alte Menschen sehr, denn früher und später sterben sie, und dann hat er was zu tun.

Carl Fredrik, 6 Jahre

Wenn du tot bist, kannst du dich entweder gravieren oder kremieren lassen. Kremieren bedeutet, daß aus dir eine Art Creme gemacht wird. Aber keine Vanillecreme oder so, nur normale graue Creme.

Jacob, 6 Jahre

Das Traurige am Altwerden ist, daß man fast keine Geburtstage mehr übrig hat.

Ben, 6 Jahre

Wenn du stirbst, wischen sie dir den Staub ab und legen den in eine Urne, die einige Meter tief im Boden vergraben wird.

Holger, 6 Jahre

Wenn alte Leute sterben, werden sie vom Krankenhaus in die Kirche gebracht, und da liegen sie zur Zierde einige Tage herum. Dann werden sie zum Friedhof gebracht und kriegen Flügel. Dann holt Gott sie, aber er hinterläßt ein paar irdische Teile, damit die Familie Erinnerungen zu vergraben hat.

Margaretha, 7 Jahre

Was traurig mit älteren Leuten in der Familie ist, ist, daß man im tiefsten Herzen weiß, daß sie jederzeit aufgebraucht sein können – und was dann?

Anne Kathrine, 7 Jahre

Wenn alte Leute merken, daß der Tod näherrückt, setzen sie sich hin und schreiben ihr Testament. Darin steht, wen sie mögen und wen sie nicht mögen. Dann notieren sie, wer das Gold vom Postsparbuch und wer die Stühle und wer die Maiglöckchenseife kriegt.

Ine, 8 Jahre

Eine Leiche ist eine Person, die älter ist, als ihr Alter annehmen läßt.

Jon Arild, 9 Jahre

Über Frauen und Männer, über Körper sowie deren Vor- und Nachteile

Frauen können auch Damen heißen, aber Männer werden nie etwas anderes als Männer

Martine, 6 Jahre

Der Unterschied zwischen Frauenkörpern und Männerkörpern ist, daß Frauenkörper an beiden Enden mehrere geheime Räume haben.

Mikkel, 6 Jahre

Manche Frauen haben riesige Busen, während andere fast oben ohne sind.

Sebastian, 6 Jahre

Frauen haben ein schwächeres Geschlecht.

Sindre, 6 Jahre

Manche Männer haben den Mond auf dem Kopf.

Olav, 5 Jahre

Frauen sind alberner als Männer. Und sie schreien öfter.

Ole Martin, 5 Jahre

Der größte Unterschied zwischen Männern und Frauen ist, daß Frauen ihre Nähsachen besser in Ordnung halten.

Elena, 6 Jahre

Der Unterschied zwischen Jungen und Mädchen ist, daß Jungen irgendwie spitzer sind als Mädchen.

Mia, 4 Jahre

Männer wissen nicht so genau, wie ihre Kinder eigentlich sind.

Viveka, 6 Jahre

Frauen nehmen ihre persönliche Hyäne genauer als Männer.

Tora, 7 Jahre

Von der Pubertät wird man ganz schön grob.

Kenneth, 9 Jahre

Manche Männer haben Haare auf dem Rücken. Vor allem Verbrecher und Bademeister.

Ellen Merethe, 6 Jahre

Frauen bestehen aus Eierstöcken, und außerdem denken sie mehr.

Siren, 6 Jahre

Der Unterschied zwischen Frauen und Männern ist, daß Männer Schlipse tragen.

Nina, 5 Jahre

In die Pubertät zu kommen, bedeutet, daß man unmöglich wird. So wie mein Bruder, der von Hormonen angegriffen wird.

Anine, 9 Jahre

Die Pubertät bedeutet, daß man im Laufe einer Woche vom Kind zum Erwachsenen wird.

Stine, 8 Jahre

Die Pubertät überfällt uns als Teenies. Die meisten sind ganz unvorbereitet.

Anine, 9 Jahre

In der Pubertät fängt der Körper an, seine eigenen Wege zu gehen.

Thor, 7 Jahre

Wenn Mädchen in die Pubertät kommen, fangen sie an, sich für Samenzellen und sowas zu interessieren.

Ole Steinar, 8 Jahre

In der Pubertät merken wir, daß wir Jungen zu verschiedenem gebrauchen können.

Haege, 8 Jahre

Pubertät ist dasselbe wie Pickelzeit.

Janne, 8 Jahre

Eltern sind eigentlich ganz normale Säugetiere.

Halvdan, 6 Jahre

Manche Menschen kommen nie auf die Welt, sondern bleiben Rogen.

Sigbørn, 7 Jahre

Wenn Mutter und Vater ein Baby machen, tragen sie beide Verantwortung. Wenn es ein Mädchen wird, ist die Mutter verantwortlich für den unteren Teil. Wenn es ein Junge wird, ist sie verantwortlich für den oberen Teil. So einfach ist das.

Kristiane, 5 Jahre

Babys werden im Augenblick der Tat gemacht.

Bård, 8 Jahre

Zuerst wird die Mutter bestäubt. Dann setzt der Same sich fest und schlägt Wurzeln. Danach kommt das Baby aus einer Luke unten in der Mutter.

Elisaweta, 6 Jahre

Wenn der Same des Vaters nicht das Ei der Mutter trifft, kommt nur ein normales Omelett dabei heraus.

Mikkel, 6 Jahre

Um ein Kind zu bekommen, muß der Same einen Wettlauf machen. Wenn er einen richtigen Spurt einlegt, kann man riskieren, daß man drei Zwillinge bekommt.

Johan, 7 Jahre

... oder schlimmstenfalls mehrere viereiige Kinder.

Vegard, 5 Jahre

Damit es ein Kind gibt, muß der Vater massenhaft Bazillen in das Ei der Mutter spritzen. Das Ei ist so groß wie ein Gänseei. Und dann kämpfen Mädchenbazillen gegen Jungenbazillen. Und wenn die Mädchen gewinnen, wird es ein Damenbaby.

Julie, 6 Jahre

Wenn man mit seinem Mann kein Kind bekommen kann, kann man eines mit dem Flugzeug kriegen.

Isabelle, 6 Jahre

Um ein Retortenbaby zu machen, muß man ein Ei in ein Rohr legen und ein Loch hineinhacken. Dann muß man aus dem Vater Zellen rauspressen und sie ins Loch fallen lassen. Wenn das Kind aus dem Rohr herauswächst, wird es zurück in den Kuchen der Mutter gepflanzt.

Siv-Magritt, 8 Jahre

Mein Vater kann keine Kinder mehr kriegen, weil er beim Nußknacker war.

Celine Marie, 6 Jahre

Wenn das Baby im Bauch seiner Mutter liegt, heißt es Fötus. Die Mutter heißt Gebärmutter. Das erste, was am Fötus entsteht, sind die Ohren.

Idun, 6 Jahre

Wenn man will, kann man Ultraschall machen und durch einen Apparat zum Baby hineinschauen. In der Regel findet das Baby es sehr hell da drinnen, aber es sieht sich auch gern die Mutter an, um einen gewissen Eindruck von ihr zu bekommen.

Anna, 6 Jahre

Es ist nicht so gut, wenn schwangere Frauen Eierlikör im Urin haben.

Trine, 9 Jahre

Während der Gefangenschaft bekommt das Baby eine Art Griesbrei aus dem Bauch der Mutter.

Celina Marie, 6 Jahre

Das Baby im Bauch seiner Mutter liegt in einer Art Plastiktüte voll Suppe. Es schluckt die Suppe durch den Nabel, und deshalb braucht es die Zähne nicht, die es nicht hat.

Ingelin, 6 Jahre

Eigentlich haben Babys schrumpfende Körper. Aber später weiten sie sich wieder aus.

Hedda Marie, 6 Jahre

Früher durfte der Vater das Kind nicht bekommen. Das fanden sie unmusikalisch. Aber heute ist es üblich, daß Vater und Mutter das Kind gemeinsam zur Welt bringen.

Silja Kathrine, 6 Jahre

Es gibt verschiedene Methoden, um Kinder zu bekommen. Manche kommen durch den Eingang, während andere durch die Haut gerissen werden.

Erika, 6 Jahre

Kaiserschnitt bedeutet, daß das Baby durch den Notausgang herausgeschnitten wird.

Martine, 6 Jahre

Der Kaiserschnitt ist ein leichterer Ausweg für das Kind, dann wird es nicht wie eine Zitrone gepreßt.

Iben, 6 Jahre

Die Hebamme hat die Aufgabe, das Kind zu empfangen, damit es nicht auf den Boden klatscht.

Kristian, 7 Jahre

Wenn das Baby aus dem warmen Körper seiner Mutter kommt, dann friert es so sehr, daß es mit den Zähnen klappert.

Eileen, 6 Jahre

Kinder sind eine Art Glanzbild ihrer Eltern.

Hege Terese, 6 Jahre

Manche Frauen haben viel Milch im Busen, andere haben ungefähr soviel wie ein Becher Sahne.

Christine, 5 Jahre

Die Seele sieht aus wie eine Plastiktüte. Sie ist dünn und durchsichtig und faßt ungefähr vier Liter.

Sune, 6 Jahre

Es ist blöd, wenn man sich ein Bein bricht, denn dann hat man nicht mehr viele, auf denen man stehen kann.

Frans, 5 Jahre

Das Herz ist eine Art Fahrradpumpe.

Taran, 5 Jahre

Politiker haben andere Körper als normale Menschen. Sie sind irgendwie vollgestopfter.

Hedda Marie, 8 Jahre

Der Körper besteht aus Wasser und Brot.

Julian, 5 Jahre

Der Weihnachtsmann hat einen rotweißen Körper, weil er für Coca-Cola Reklame macht.

Julian, 5 Jahre

Frauen haben weichere Ecken als Männer.

Pia, 6 Jahre

Junge Körper erkennt man an den Jeans.

Eivind, 9 Jahre

In alten Zeiten wurden die Beine auch Wüstenkamele gekannt, und sie sind damit gegangen.

Ketil, 7 Jahre

Wenn wir jemanden lieben, achten wir nicht auf seinen Körper.

Sune, 6 Jahre

Die Nase ist eine Art Wegweiser.

Julian, 5 Jahre

Wenn wir etwas riechen, geht das durch die Nase, vorbei an den Ohren und in den Hals, wo wir den Geschmack spüren.

Sander, 7 Jahre

Die Nase bewegt sich wie ein Radargerät in alle Richtungen, bis sie festgestellt hat, woher der Gestank kommt. Dann beruhigt sie sich wieder.

Gøril, 6 Jahre

Die Muskeln sind eine Art Fleischklumpen, die sich bewegen, wenn der Kopf ihnen Bescheid sagt.

Camilla, 6 Jahre

Die Menschen haben lauter saure Mandeln im Hals. Zu Weihnachten ist das noch schlimmer, denn dann sitzen die Mandeln im Hals und auch draußen.

Julie, 6 Jahre

Die Organe sind Kugeln, mit denen wir etwas machen. Sie können von einem Körper in einen anderen versetzt werden, wenn man nur auf die Temperatur achtet.

Rebecca, 8 Jahre

Wenn der Körper Hunger hat, kann er nicht ruhig und nett sein. Dann wird er sehr bitter und irritiert.

Eivind, 9 Jahre

Alle Körper bestehen aus Organen, die unterschiedlich arbeiten. Einige sind groß und müssen funktionieren, andere sind nicht so sichtbar und arbeiten im Verborgenen. Zum Beispiel holen sie den Apfelsinensaft aus den Apfelsinen. Der Blinddarm ist überhaupt zu nichts gut. Viele lassen ihn schon als Kinder kastrieren.

Truls Eirik, 9 Jahre

Unter den Kleidern haben die meisten einen Körper. Nur denkt man nicht daran.

Tonette, 5 Jahre

Mit den Mandeln kaut man. Wenn man sie sich verstaucht, müssen sie im Krankenhaus entfernt werden.

Gard, 7 Jahre

Der Kreislauf ist eine Art Kranzsystem im Körper. Der Kreislauf geht durch die Adern, wo Essen durch den Körper transportiert und Abfall auf demselben Weg entfernt wird.

Dan Magnus, 9 Jahre

Bluttransfusionen können für manche die Lösung sein. Dann verbindet man die Arme mit einem Schlauch und dreht den Hahn auf.

Andreas, 7 Jahre

Die Bauchspeicheldrüse sitzt im Hintern und soll die Spucke nach oben schicken.

Krister, 7 Jahre

Das Wichtigste, was wir haben, sind die Zehen. Mit denen steuern wir.

Mattias, 7 Jahre

Die geschwollensten Menschen haben Allergien.

Tora, 7 Jahre

Der Körper besteht aus 90 Prozent Wasser, aus zwei Prozent Knochen und Fleisch, und aus Haaren und Nägeln nach Bedarf.

Eivind, 9 Jahre

Ein Körper ist so ein Dings, mit dem zusammen man sich fortbewegt.

Thor Anders, 7 Jahre

Ein Körper ist etwas, mit dem man es sich Samstagabends gemütlich machen kann.

Runar, 6 Jahre

Wenn dich dein Körper verläßt, bist du sehr einsam.

Helena, 6 Jahre

Ein Körper ist etwas, das in den Schuhen endet.

Allan, 5 Jahre

Das Herz ist gewissermaßen die Hauptstadt des Körpers.

Mari, 6 Jahre

Ein Körper ist das, was den Menschen umgibt.

Celine Marie, 6 Jahre

Das Skelett ist in Wurstpelle eingepackt. Auf diese Weise bleiben die Innereien innerhalb der vier Wände des Körpers.

Thomas, 6 Jahre

Der Körper ist eine Art Versteck, das man nicht verlassen sollte.

Emilie, 6 Jahre

Der Körper braucht Essen, um zu überleben. Und das ist teuer. Italienischer Salat kostet pro Quadratmeter über fünf Kronen.

Vidar, 5 Jahre

Wenn wir Fisch essen, ist unser Magen genau wie ein Aquarium.

Hans, 5 Jahre

Der Körper ist eine Art Hülse, in der wir uns vor dem Rest der Welt verstecken können.

Julie, 6 Jahre

Die Knieschalen sind zwei Schildkröten, die das Knie vor Überfällen beschützen sollen.

Vegard, 5 Jahre

Früher wurde ein Breiumschlag benutzt, wenn jemand sich das Bein gebrochen hatte. Dann kochten die Leute Haferbrei und gossen das kochende Wasser aufs Bein, damit das wieder zusammenwuchs. Heute hängen sie das Bein mit Stahldraht unter die Decke.

Anna, 6 Jahre

Bei Fieber gibt es eine Art Klimaveränderung im Körper. Eigentlich so wie der Übergang von mildem Wetter zu Sturm.

Bent Are, 10 Jahre

Bewußtlos sein ist wie schlafen, ohne die Augen zuzumachen.

Henrik, 7 Jahre

Man ist bewußtlos, wenn man alles vergißt, was man in der Schule gelernt hat.

Karianne, 7 Jahre

Mörder sind im Augenblick der Tat bewußtlos.

Thomas, 9 Jahre

Jesus ist am Karfreitag in der Krippe in Ohnmacht gefallen. Er war bewußtlos, bis er von den Toten auferstand.

Olav Andreas, 6 Jahre

Bewußtlose Menschen sind oft sehr schlapp.

Sean, 6 Jahre

Wenn man die Augen aufmacht, und alles ist schwarz, dann ist man bewußtlos.

Hilde, 7 Jahre

Der Körper besteht aus verschiedenen Teilen, die Glieder heißen. Es ist nicht leicht zu sehen, wo diese Glieder sitzen, sie haben nämlich keinen Griff.

Geir Arne, 7 Jahre

Die Menschen sind aus Hautzellen aufgebaut. Die Zellen sind so klein, daß wir sie mit den Augen anstarren müssen, um sie zu sehen.

Thomas, 6 Jahre

Wenn wir den Körper verlieren, verlieren wir einen wichtigen Teil von uns selber.

Celine Marie, 6 Jahre

Gespenster haben keinen Körper aus Fleisch, sondern aus Bettzeug.

Olav, 5 Jahre

Die Nase ist eigentlich ein Muskel, mit dem wir atmen. Aber wir können damit auch Rotz transportieren.

Amund, 6 Jahre

Irgendwie ist die Nase eine Art Luftventil.

Lars Tobias, 5 Jahre

Die Augen sind die beiden wichtigsten Drüsen, die wir haben.

Frans, 5 Jahre

Wenn wir uns die Augen verstauchen, müssen wir zum Brillieren zum Optiker.

Rine, 7 Jahre

Wir haben innere und äußere Organe. Die äußeren sind besser zu sehen.

Are Magnus, 10 Jahre

Alle Körper brauchen Liebe. Vor allem Liebesperlen.

Siv, 4 Jahre

Der wichtigste Körperteil ist die Lippe. Sie ist schließlich die Eingangstür.

Kristian, 7 Jahre

Schweiß ist sehr wichtig beim Trainieren. Er nimmt den Dampf weg, und dann läßt der Druck nach.

Kristian, 7 Jahre

Bier macht den Körper oft sehr asymmetrisch.

Halvdan, 9 Jahre

Nicht alles ist gleich leicht verdaulich. Erbsen zum Beispiel schmecken scheußlich und sind hart. Erbsen sind nicht gut für Kinder. Das hat mein Körper mir erzählt.

Sigmund, 5 Jahre

Am Ende des Auges haben wir Tränenklumpen. Wenn wir traurig sind, laufen sie über.

Gard, 7 Jahre

Der Körper hat normalerweise eine Temperatur von 60 Grad. Wenn wir Fieber haben, steigt sie zum Siedepunkt an, und der liegt bei 100 Grad Celsius.

Jens Hartvig, 7 Jahre

Das Zäpfchen ist eine Art Rolleau, das im Hals herumbammelt.

Lars Jøran, 6 Jahre

Die Mandeln sind eine Art Schrauben, die im Hals festsitzen.

Ole Henrik, 5 Jahre

Von den Mandeln kriegen wir einen Kloß im Hals, wenn wir traurig sind.

Helena, 6 Jahre

Das Essen fällt in den Topf, den wir im Bauch haben. Dann rutscht es durch die Pipiblase und durch den Po wieder raus.

Julie, 6 Jahre

Im Bauch wird das Essen verbrannt, ehe es an die verschiedenen Körperteile verteilt wird.

Karianne, 7 Jahre

Der Magen besteht aus Därmen, Verdauung und ein paar Butterbroten.

Allan, 5 Jahre

Der Magen ist sehr wichtig. Wenn wir den nicht hätten, würde alles Essen in die Beine fallen.

Lars Jøran, 6 Jahre

Der Magen ist eigentlich eine Art Kühlschrank, der auf schlaue Weise für uns das Essen aufbewahrt.

Christine, 5 Jahre

Mein Großvater hatte Darmverschlingung und hat gesagt, das tut sehr weh. Er hatte keine Kontrolle über seine Därme. Sie haben sich in ihm bewegt, als ob sie Berg- und Talbahn fahren wollten.

Erica, 5 Jahre

Wenn man schnell ißt, kann der Magen einen Schock bekommen. Der weiß ja nicht, was kommt. Wenn man z.B. Fischköpfe ißt, muß man sehr gut kauen und so langsam schlucken, daß man nicht in der letzten Kurve noch kotzen muß.

Anita, 6 Jahre

Die Därme sind eine Art Regal. Das Essen wird sortiert und in den Fächern gestapelt. Und außerdem sind die Innereien festgenäht, damit sie nicht runterfallen, wenn wir hüpfen.

Nina, 8 Jahre

Im Körper gibt es Gummis, die Därme heißen. Sie hängen innen im Bauch. Wenn sie mit Essen gefüllt werden, hüpfen sie herum, bis das Essen zerquetscht ist.

Camilla, 6 Jahre

Die Därme sind zu großen rötlichen Rollen aufgerollt. Wenn der Arzt operieren muß, hüpfen sie durch das Loch im Magen, daß der Kochfisch nur so zusammenfährt.

Ingerid, 6 Jahre

Eigentlich wird das Essen zu Dünger, wenn wir es gegessen haben.

Hilde, 7 Jahre

Ab und zu muß das Essen ein bißchen ausgelüftet werden. Es riecht nicht immer gleich gut.

Allan, 5 Jahre

Die Därme sind mit Schlamm gefüllt.

Elias, 6 Jahre

Fast alles Essen enthält Vitamine. Wenn wir keine kriegen, werden wir krank und bekommen ein weißliches Gesicht.

Kristiane, 5 Jahre

Vitamine sind eigentlich Läuse, aus denen in einer Presse Tabletten gemacht werden. Dann werden sie orange gefärbt und den Kindern gegeben.

Allan, 5 Jahre

... Läuse, also echt! Hab ich vielleicht Tabletten in den Haaren? Willst du mir das wirklich einreden?

Marion, 6 Jahre

Der Körper braucht viele gesunde Dinge. Vor allem Eisen und Phosphate.

Anna, 6 Jahre

Die Därme sind so eine Art Plastikzeug, in das die Würste eingewickelt sind.

Guro, 6 Jahre

Im Körper gibt es große Wassermassen, die das System abkühlen. Das Blut wirkt anders. Es macht uns heißblütig und fließt in festen Bahnen, so schnell das Herz nur schieben kann. Wir müssen alle Ingredienzen in Ordnung haben, damit der ganze Mensch gesund und schwungvoll ist.

Per Otto, 10 Jahre

Die Blase ist eine Art Gasballon, mit dem wir pissen.

Katja, 5 Jahre

Unser Nachbar hat Nierensteine. Er kaut beim Essen nicht sorgfältig.

Tonette, 5 Jahre

Die Haare beschützen das Gehirn wie eine Wolldecke. Wenn wir die Wolldecke brechen und das Gehirn losrennt, kann uns das leidtun.

Morten, 8 Jahre

Das Essen explodiert in den Zellen. Auf diese Weise wird uns Energie zugeführt.

Ketil, 7 Jahre

Der Kopf besteht aus einem kleinen und einem großen Gehirn. Mit dem kleinen denken und mit dem großen sehen wir.

Jørgen, 8 Jahre

Das Gehirn schwimmt im Kopf herum.

Nina, 8 Jahre

Schädel und Gehirn sind dasselbe. Nur ist das eine gefüllt und das andere nicht.

Gisle, 7 Jahre

Pia hat Kaffee auf den Kopf bekommen und die Haare verloren. Das Trommelfell ist explodiert.

Julie, 6 Jahre

Das Gehirn brauchen wir zum Reden.

Fredrik, 7 Jahre

Wenn wir spazierengehen und dabei das Gehirn rausfällt, finden wir nicht mehr nach Hause, weil wir dann nicht mehr klar denken können.

Morten, 4 Jahre

Die allermeisten Menschen haben ein Gehirn. Die, die etwas dümmer sind, haben ein Spatzenhirn.

Jo, 6 Jahre

Hinter der Stirn liegt das Gehirn auf der Lauer.

Christine, 5 Jahre

Das Gehirn ist ein Klumpen, mit dem wir uns so unsere Gedanken machen.

Kristoffer, 4 Jahre

Wenn wir uns den Kopf waschen, heißt das Gehirnwäsche.

Henrik, 7 Jahre

Das Gehirn ist eigentlich ein Totenkopf, wie ihn die Seeräuber auf den Flaggen haben.

Allan, 5 Jahre

Das Gehirn zieht im Körper sämtliche Fäden.

Sebastian, 6 Jahre

Eigentlich ist das Gehirn ein Kohlkopf.

Sindre, 5 Jahre

Wir haben ein Gehirn, damit die Haare irgendwo festhängen.

Nina, 5 Jahre

Das Skelett ist eine Art Dinosaurier.

Niklas, 5 Jahre

Wenn wir alt werden, werden wir durchsichtig, und dann sind Teile des Skeletts durch die Kleider zu sehen.

Gard, 7 Jahre

Eigentlich ist das Skelett eine Art Gitter, wie vor den Gefängnisfenstern.

Bjørn Olav, 7 Jahre

Im Körper gibt es so eine Art Garderobenständer, an dem wir die Haut aufhängen können.

Anja, 6 Jahre

Das Skelett besteht aus unterirdischen Rohren, die in uns sitzen.

Heidi, 6 Jahre

Ich glaube, das Skelett ist eine Vogelscheuche.

Tonje, 5 Jahre

Wenn wir kein Skelett hätten, dann wären wir Kriechtiere. Und dann könnten die Schuhgeschäfte nichts verkaufen.

Mikkel, 6 Jahre

Das Skelett ist eine Art Zaun, an den der Körper sich lehnt.

Halvdan, 6 Jahre

Knochen ist ein Fremdwort für Skelett. Die Knochen sind nicht so groß wie ein ganzes Skelett. Sie sind in kleinere Portionen aufgeteilt und leichter zu transportieren.

Sten Marius, 8 Jahre

Im Körper sitzen Stöcke. Diese Stöcke heißen Skelett.

Vegard, 5 Jahre

Das Skelett ist eine Art Bein, das drinnen in der Mitte sitzt. Hähne dagegen haben ein sehr dünnes Skelett.

Kristoffer, 4 Jahre

Das Skelett ist ein Gestell, an das wir den Körper hängen können.

Sander, 7 Jahre

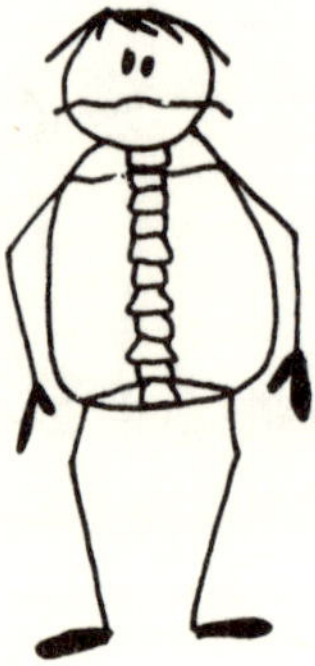

Ich habe ein Fischskelett gefunden, das war gestreift und knalldünn.

Fredrik, 7 Jahre

Apfelsinen haben kein Skelett, Ameisen wohl.

Benedicte, 4 Jahre

Es ist wichtig für das Skelett, genug Kalk und Valium zu bekommen, damit die Zähne groß und spitz werden.

Marius, 6 Jahre

Das Skelett ist eine Art Rahmen, an den Gott die Menschen gehängt hat, damit sie sich aufrecht halten.

Gøril, 6 Jahre

Ich habe ein Hasenskelett gefunden, das einem Kaninchen aus dem Körper gefallen war. Ich glaube, es ist ein Papaskelett, denn es ist ziemlich alt und langweilig.

Sonja, 5 Jahre

Das Skelett ist eine Art Rentierhorn, an dem wir den Körper tragen.

Krister Andreas, 5 Jahre

Es ist eine schlechte Körpergewohnheit, sich das Skelett zu brechen.

Even, 7 Jahre

Ohne das Skelett wären die Menschen Kriechwürmer. Und dann hätten wir Pelz und Hauzähne.

Simon, 4 Jahre

Wir können das Skelett mit einem Regenschirm vergleichen. Die Haut schützt uns vor dem Regen.

Ingerid, 6 Jahre

Wenn man sich das Skelett verstaucht, braucht man einen Verband um den Hals.

Sigbjørn, 6 Jahre

Das Rückgrat sitzt am Skelett fest. Es ist ein starker Pfahl, der von oben vom Kopf umkränzt wird.

Sander, 7 Jahre

Das Skelett ist eine Art Laufställchen.

Marianne, 6 Jahre

Das Skelett besteht aus Speckknochen, die den Körper an Ort und Stelle halten.

Bjørn Olav, 7 Jahre

Das Skelett ist ein Knochenhaufen, den wir unser Leben lang mit uns herumschleppen.

Henrik, 7 Jahre

Ein Skelett sieht aus wie ein Weihnachtsbaum ohne Nadeln.

Anita, 6 Jahre

Im Skelett gibt es auch noch das Rückenmark, das von Knochen zu Knochen schwimmt. Man kann es heraussaugen und wieder hineinpusten, wenn man krank wird. Zum Beispiel kann man von Nachbarn oder von anderen, zu denen man Vertrauen hat, Mark leihen.

Anita, 6 Jahre

Wenn wir keine Haut hätten, würden wir uns beim Schwimmen auflösen, und alle Nieren würden versinken.

Gard, 7 Jahre

Die Menschen sind mit Leder überzogen, die Tiere dagegen mit Wolle.

Katja, 5 Jahre

Die Haut ist eine Art Lederbeutel, der die Knochen im Körper festhält.

Nina, 8 Jahre

Wenn wir keine Haut hätten, könnte sich die Seele losreißen und raushüpfen.

Julie, 6 Jahre

Die Haut ist eine Art Schlangenhaut, die aussieht wie ein Mensch.

Kyrre, 8 Jahre

Wenn wir uns ein Stück Haut abreißen, sitzt darunter zum Glück neuer Pelz.

Linn, 7 Jahre

Wenn wir frieren, wird die Haut rund.

Vegard, 5 Jahre

Und wenn wir Angst haben, können wir Frostschäden auf der Kopfhaut kriegen.

Linn, 7 Jahre

Es gibt viele Hauttypen. Vorhaut zum Beispiel, das ist die Haut, die wir vorne haben, und Hinterhaut ist die Haut am Hintern.

Hege Therese, 6 Jahre

Rothaut ist auch ein Hauttyp, den Indianer und Weiße als Maske nehmen, wenn sie eine Bank überfallen wollen.

Vidar, 5 Jahre

Wenn man über große Löcher in der Straße fährt, dann ist es vorstellbar, daß die Haut losgeschüttelt wird.

Lars, 6 Jahre

Die Haut schützt uns vor Eindringlingen.

Gard, 7 Jahre

Die Menschen haben Haut, um das Gelee festzuhalten.

Per Ferdinand, 5 Jahre

Die Haut läßt sich mit einem dünnen Sportanzug vergleichen.

Christine, 5 Jahre

Wenn wir keine Haut hätten, würde das Fleisch eintrocknen, so wie sie das früher gemacht haben, um es aufzubewahren.

Johan, 7 Jahre

Das Innere des Menschen ist mit einem federartigen Überzug bedeckt, den wir Haut nennen.

Jean, 9 Jahre

Wenn sich die Haut lockert, rieseln die verschiedenen Teile heraus, und dann weiß man nicht, wie man sie wieder festmachen soll.

Vegard, 5 Jahre

Die Ozonschicht sorgt dafür, daß die Haut schneller durchgebraten wird.

Elena, 6 Jahre

Neger haben schwarze Haut, aber es ist unhöflich, das laut zu sagen.

Gøril, 6 Jahre

Wenn wir keine Haut hätten, würde es wehtun, durchs Gebüsch zu gehen.

Mariann, 6 Jahre

Ohne Haut hätten wir Durchzug.

Sindre, 5 Jahre

Der Brustkasten würde glatt rausfallen, wenn keine Haut darum wäre.

Sonja, 5 Jahre

Die Haut besteht aus Poren. Das sind kleine Luftlöcher, die entscheiden, ob wir Pickel kriegen oder nicht.

Mari, 7 Jahre

Die Haut wirkt wie eine Art Packpapier, nur fehlt der Bindfaden.

Halvdan, 6 Jahre

Manche Menschen haben Orangenhaut, vor allem Araber und Auswanderer.

Tora, 7 Jahre

Wenn man steife Haut hat, kann man sich mit Tigerbalsam einreiben. Der wirkt sehr schnell, denn zerquetschter Tiger ist ziemlich stark.

Hege Therese, 6 Jahre

Die Haut ist eine Art Schlafsack. Darin können wir uns warm und sicher fühlen.

Ole Henrik, 5 Jahre

Die Nerven sind kleine Taschen, die das Essen sammeln.

Julie, 6 Jahre

Die Nerven sind Nähfäden, die vom Herz zum Gehirn und von dort bis hinab in die Knie gehen. Nerven sind etwas, das uns sehr verletzlich macht.

Ingunn, 7 Jahre

Nerven sind eine Art Strickzeug, das Gott in uns gehäkelt hat. Wenn ein Faden reißt, werden wir verrückt und bekommen einen kranken Gesichtsausdruck.

Robert, 7 Jahre

Die Nerven sitzen unter den Nägeln.

Fredrik, 7 Jahre

Wenn man keinen Nerven hat, arbeitet man besser und schafft mehr.

Håvard, 7 Jahre

Ich habe mir im Sommer den Nerv gestoßen, und davon wurde er ganz krumm.

Sonja, 5 Jahre

Wenn wir Nerven haben, werden wir nervös.

Idun, 6 Jahre

Der Unterschied zwischen Menschen und Tieren ist, daß der Körper von Menschen Ansichten hat.

Pia, 6 Jahre

Wer vier Beine hat, ist in der Regel kein Mensch.

Tonette, 5 Jahre

Der größte Unterschied zwischen Menschen und Tieren ist, daß Pferde Welpen bekommen.

Simon, 4 Jahre

... und daß Menschen Kannibalen sein können. Tiere können das nicht.

Mailin, 5 Jahre

Der größte Unterschied zwischen Tieren und Menschen ist, daß Menschen drahtlos sind.

Helena, 6 Jahre

Tiere haben auch Innereien, aber die Menschen machen daraus Tran.

Olav, 5 Jahre

Es besteht ein Unterschied zwischen Tier- und Menschenkörpern. Tierkörper sind in der Regel oval und haben struppige Haare, während Menschenkörper eher aufrecht gehen.

Olav, 5 Jahre

Der Unterschied zwischen Menschen und Tieren ist, daß das Schwein gegessen wird, wenn es fett genug ist.

Amund, 6 Jahre

Aus Tieren machen wir Essen, Schnitzel und Frikadellen und Currywurst. Tiere können auch gegrillt oder gekocht werden, Menschen können sich nur sonnen.

Siren, 6 Jahre

Aus dem Pferd können wir Würste machen. Grillwürste oder Wienerwürste im Enddarm.

Tonette, 5 Jahre

Der Körper der Kühe ist sehr wirkungsvoll. Aus ihm bekommen wir unter anderem Sahnetorten.

Roar, 8 Jahre

Das Aussehen ist ein wichtiger Körperteil.

Elisaweta, 6 Jahre

Meine Mama ist jedenfalls sehr schön, sie hat nämlich einen ganz langen Busen.

Mia, 4 Jahre

Wir können nichts für unser Aussehen. Daran ist nämlich Gott schuld.

Hassan, 6 Jahre

Wir zählen nicht mit dem Aussehen. Sondern mit dem Mund.

Jørgen, 6 Jahre

Manche Kinder haben Sommersprossen. Das ist eine Art Pfeffer, der auf der Haut gelandet ist.

Benedicte, 4 Jahre

Sommersprossen sind Pygmäen, die in der obersten Hautschicht sitzen.

Johan, 7 Jahre

Alte Leute haben Wellen im Gesicht.

Sonja, 5 Jahre

Bei alten Menschen wachsen Haare in den Ohren. Bei sehr alten Leuten verwelken die.

Julie, 6 Jahre

Wenn wir alt werden, verändert sich der Körper und wir kriegen füllige Knöchel.

Siv-Magritt, 8 Jahre

Alte Menschen haben chronische Körper, die nie gesund werden.

Thomas, 6 Jahre

Der Unterschied zwischen alten und jungen Leuten ist, daß alte Leute an mehreren Stellen zugleich Bart haben.

Vegard, 5 Jahre

Wenn man abnehmen will, dann ist es wichtig, daß man nicht mehr kaut, damit der Körper sich daran gewöhnen kann, daß es keinen Nachschlag gibt.

Idun, 6 Jahre

Bei schönen Menschen passen die Augen irgendwie zur Körperform.

Guro, 10 Jahre

Abnehmen und Schlachten ist dasselbe, denn wenn wir abnehmen, schlachten wir uns selber.

Hans, 5 Jahre

Dünne Leute frieren leichter, und deshalb nehmen sie ab.

Bjørn Olav, 7 Jahre

Wenn man einen frikadellenartigen Körper hat, ist es an der Zeit, abzunehmen.

Britt Eli, 6 Jahre

Vor allem Frauen nehmen ab. Sie essen dann nicht mehr, um die dicke Butter loszuwerden, die sie am Körper haben.

Marius, 6 Jahre

Viele Frauen nehmen ab, um eine Figur zu bekommen.

Mailin, 5 Jahre

Wer abnimmt, ist auf einer ewigen Jagd nach leeren Kalorien.

Ketil, 7 Jahre

Es ist sehr wichtig, daß wir unseren Körper lieben, selbst dann, wenn er aussieht wie ein Geleeklumpen.

Thor, 7 Jahre

Der Mensch ist von einer dicken Speckschicht bedeckt, die uns vor Kälte schützen soll. Bei vielen ist diese Speckschicht so dick wie bei einem Seehund, und dann ist es gut, eine Kur zu machen.

Ole Steinar, 8 Jahre

Ich finde, die Leute sollen in Ruhe abnehmen dürfen, ohne daß die Illustrierten ihr Selbstbild drucken.

Karianne, 7 Jahre

Wenn wir in der Sauna sitzen und abnehmen, dann verdampft das Fett.

Jan Peder, 7 Jahre

Im Grunde machen wir Jagd auf eine andere Person, wenn wir abnehmen.

Ole Steinar, 8 Jahre

Wenn man ganz schnell dünn werden will, kann man einfach zum Arzt gehen und sich staubsaugen lassen.

Marius, 6 Jahre

Wenn wir sterben, verlassen wir den Körper, und der pocht dann nicht mehr.

Mari, 6 Jahre

Die Seele wird an den Nächsten weitergereicht, wenn wir sterben.

Helena, 6 Jahre

Wenn der Körper an einem Fliegenpilz auch nur riecht, stirbt er schon.

Tonette, 5 Jahre

Wenn jemand stirbt, hängt man eine halbe Flagge an den Mast.

Simon, 4 Jahre

Wenn das Fleisch in Auflösung übergeht, dann kapieren wir, daß wir tot sind.

Sindre, 5 Jahre

Wenn wir sterben, bleibt die Schale auf der Erde liegen. Der Rest verreist.

Lars, 6 Jahre

Der Tod ist eine Art Sonnenuntergang.

Helena, 6 Jahre

Es kann ganz schön irritierend für den Körper sein, zu sterben. Dann kriegt er nie wieder seine Familie zu sehen.

Tord, 7 Jahre

Über Königinnen und Könige, Politik und Polizei

Ein Politiker ist fast dasselbe wie ein Pastor, nur ist er kein Christ.

Mailinn, 6 Jahre

Ein Politiker arbeitet in einer Poliklinik.

Ole Fredrik, 7 Jahre

Politiker können viel, aber eins können sie nicht, nämlich laufen.

Synthia, 5 Jahre

Politiker haben eigentlich ganz normale Körper, aber sie haben große Köpfe.

Johs Emil, 6 Jahre

Unsere Nachbarin ist Politikerin, aber sie will aussehen wie eine ganz normale Mama, und deswegen bleibt es ein Geheimnis.

Tina, 6 Jahre

Politiker bewerfen die Leute mit ihren Meinungen.

Thorbjørn, 7 Jahre

Politiker entscheiden schrecklich viel, und sie sehen fast normal aus, vor allem von der Seite …

Vegard, 6 Jahre

… aber von unten sehen sie unheimlich aus.

Janne, 5 Jahre

Manche Politiker halten das Gras für grüner als den Zaun.

Lill Elisabeth, 6 Jahre

Wer arbeitslos ist, kann sich einen Job als Politiker suchen.

Terje, 6 Jahre

Politiker können sich die Situation sehr gut zuspitzen.

Sigurd, 8 Jahre

Politiker müssen so mutig sein wie Ameisen.

Markus, 7 Jahre

Wenn Politiker 16 Jahre alt sind, dürfen sie Moped fahren.

Stig André, 5 Jahre

Politiker wollen den Leuten immer erzählen, was sie nicht dürfen.

Jane Elisabeth, 6 Jahre

In vieler Hinsicht sehen Politiker aus wie normale Menschen. Und zwar, damit sie nicht durchschaut werden.

Hilde, 10 Jahre

Politiker denken mehr als andere Leute. Sie denken ungefähr eine halbe Stunde pro Tag.

Gisle, 8 Jahre

Wenn Politiker sterben, werden sie ausgestopft und in Marmorglasur getaucht.

Katharina, 7 Jahre

Politiker müssen dafür sorgen, daß alle Kinder eine Mutter und vielleicht eine Tante und einen Onkel haben. Und in einigen Fällen mindestens einen Vater oder wenigstens einen Stiefvater.

Aila, 8 Jahre

Politiker werden gewählt, ohne es selber zu wissen, die Wahlen sind ja geheim.

Mari Cathrin, 8 Jahre

Politiker sind sehr böse Menschen. Aber mein Großvater ist schrecklich böse auf Wühlmäuse.

Lill Elisabeth, 6 Jahre

Ein Politiker ist einer, der keine Arbeit hat. Deshalb sitzt er den ganzen Tag in einem Sessel im Parlament.

Terje, 6 Jahre

Politiker zanken sich schrecklich gern mit normalen Menschen und mit Fernsehansagerinnen.

Bettina, 7 Jahre

Politische Leute müssen als gute Exemplare ganz vorn in der Schlange stehen.

Truls, 7 Jahre

Politiker geben nie auf. Sie nehmen mit der einen Hand und versprechen mit der anderen.

Espen, 8 Jahre

Es ist bestimmt nicht so leicht, Politiker zu sein. Alle anderen hassen sie, sogar ihre Familien.

Espen, 8 Jahre

Ich finde Politiker toll. Sie bestimmen, daß Süßigkeitenläden Kaugummi verkaufen dürfen.

Lene, 6 Jahre

Politiker bestimmen, wann wir frei haben. Zum Beispiel zu Ostern und zu Weihnachten. Und sie bestimmen, daß wir unserer Mutter zum Muttertag Mutterkuchen schenken müssen.

Vigdis, 6 Jahre

Ein Politiker sollte eine schöne Hose anhaben, ohne Löcher an den Knien. Und darunter vielleicht eine saubere Unterhose.

Charlotte, 6 Jahre

Das Wichtigste für einen Politiker ist, sich daran zu gewöhnen, anderen nicht zuzuhören.

Marius, 8 Jahre

Ein Politiker sollte ehrlich sein oder zumindest so tun.

Marius, 10 Jahre

Politiker starren die Leute blitzschnell an.

Bettina, 7 Jahre

Politiker müssen ganz starke Überzeugungen haben und dürfen nie nachgeben.

Inger Charlotte, 9 Jahre

Kinder können keine Politiker werden, weil manche sich in der Nase bohren.

Timmy, 5 Jahre

Politiker stürzen sich Hals über Kopf in ihre Fälle. Oft so schnell, daß es knallt.

Thea, 8 Jahre

Die wichtigste Aufgabe der Politiker ist es, die Leute arbeitslos zu machen.

Hans Martin, 7 Jahre

Die Politischen sind oft sehr radioaktiv. Wenn sie nicht im Fernsehen kommen, meine ich.

Regina, 7 Jahre

Politiker sind ziemlich verwöhnt, sie wollen immer im Mittelpunkt stehen. Und sie wollen mit niemandem teilen.

Preben, 7 Jahre

Der Außenminister ist gern an der frischen Luft.

Kristoffer, 5 Jahre

Geheime Wahl bedeutet, daß man in einem kleinen Pappkarton sitzt, mit einem Zettelchen, das man in einen Schlitz steckt, und außerdem ist es ganz dunkel.

Andreas, 8 Jahre

Politikerverachtung ist, Politiker mit Steinen zu bewerfen und laut über sie zu lachen, wenn man sie im Bus sieht.

Anna, 6 Jahre

Ministerpräsidenten lieben Tiere und alte, arme Leute.

Mina, 6 Jahre

Wenn irgendwer berühmt wird, so wie die Ministerpräsidentin, dann werden Brüste von ihnen gemacht. Und dann werden sie mitten in der Stadt in einem Brüstehalter aufgestellt.

Pernille, 7 Jahre

Ein politisches Organ ist zum Beispiel die Milz der Ministerpräsidentin.

Oda, 6 Jahre

Politiker haben sehr lange Hälse. Die brauchen sie, weil sie sich die ganze Zeit umsehen müssen, um alles mitzukriegen. Die mit besonders langem Hals heißen Wendehals.

Julianne, 6 Jahre

Politiker müssen genauso mutig sein wie Ameisen.

Markus, 7 Jahre

Politiker haben oft lockere Ohren. Sie versprechen mehr als sie hören.

Oddmund, 7 Jahre

Viele Politiker waschen sich die Hände in Unschuld, weil sie soviel zu tun haben.

Ine, 7 Jahre

Wer wählen will, muß mündlich sein, und dann muß man das hinter einem Vorhang in einer Umkleidekabine machen.

Hilde, 8 Jahre

Manchmal ist die ganze Regierung verreist, und dann kann das Land so lange von einem Autopiloten gelenkt werden.

Markus, 7 Jahre

Im Parlament muß man ganz still sein. Deshalb benutzen sie Schalldämpfer.

Tone Marie, 7 Jahre

... etwas, wovon die Politiker vollgestopft sind. Das Wichtigste ist das Gehirn, denn damit beschließen sie, etwas zu meinen.

Georg, 7 Jahre

Die Regierung arbeitet in den Fernsehnachrichten. Sie beschließt, was in der Welt geschieht, und am Ende beschließt sie, wie das Wetter wird.

Herman, 5 Jahre

Im Parlament hängen alle Politiker an der Wand. Die meisten von ihnen sind tot.

Gisle, 8 Jahre

In der Regierung sitzen 6000 Menschen, die nur auf Antwort warten.

Vegard, 6 Jahre

Das Parlament ist ein Saal mit roten Samtsesseln. Und zwar, weil Norwegen ein sozialistisches Land ist.

Heidi, 11 Jahre

Das Parlament liegt mitten in der Stadt. Da lesen sie allerlei Papiere. Und danach denken sie ein bißchen darüber nach.

Renate, 9 Jahre

Eine Partei ist das Gegenteil von einem Feind.

Pernille, 7 Jahre

Eine Partei ist eine Herde von Leuten, die alle finden, daß die Ministerpräsidentin sich irrt.

Marius, 8 Jahre

Eine Partei ist eine Freistätte für Politiker. Da fühlen sie sich so willkommen wie zu Hause.

Jo Preben, 8 Jahre

Wenn man etwas meint, kann man in eine politische Partei eintreten.

Trine, 8 Jahre

In Norwegen gibt es viele politische Parteien. Die einen gehen gern nach rechts, die anderen nach links.

Thale, 8 Jahre

Ein Sozialist ist …

… einer, der allein in einem Orchester spielt.

Otto, 8 Jahre

… einer, der von Sozialhilfe lebt.

Gjermund, 8 Jahre

… .einer, der gern badet und sich sonnt.

Monja, 6 Jahre

… das Gegenteil von einem Egoisten. Mein Vater ist sehr oft ein Egoist.

Edward, 6 Jahre

Demokratie ist …

… erfunden von einem römischen Gott namens Demokrates.

Jo Preben, 9 Jahre

… daß alle die ganze Zeit alles gemeinsam entscheiden.

Trine, 8 Jahre

… daß der König keine Meinung hat.

Renate, 9 Jahre

… daß die Minderheit die Macht hat.

Marius, 8 Jahre

Subventionen sind:

Etwas, das in die Milch gemischt ist, damit sie nicht so fett schmeckt.

Trine, 8 Jahre

das Gehalt, das die Politiker bekommen.

Axel, 8 Jahre

etwas, womit die Bauern ihr Saatgut bezahlen. Glaube ich.

Marianne, 8 Jahre

Ein Monarch ist:

ein Einwohner eines kleinen Landes. Es heißt Monarchie und liegt irgendwo bei Frankreich am Meer.

Ole Mattis, 6 Jahre

Bei den Sozialdemokraten sind fast alle reich. Gro Harlem Brundtland ist sehr reich, aber sie tut so, als ob sie eine einfache Fabrikarbeiterin wäre.

Adam, 11 Jahre

Die Kommunisten wohnen überall im Land in den Kommunen. Aber man kann es ihnen nicht immer ansehen.

André, 8 Jahre

Wenn ein Land das Glück hat, einen König gefangen zu haben, dann ist es eine Demokratie.

Kimm Monica, 7 Jahre

Eine Gemeinde ist ein flaches Stück Land mit Straßen.

Johs Emil, 6 Jahre

Der Unterschied zwischen Gemeinden und Regierungsbezirken ist, daß die Gemeinden an Ort und Stelle bleiben.

Marius, 8 Jahre

Eine Gemeinde ist eigentlich der Garten vom Rathaus.

Hege Sofie, 6 Jahre

Das Rathaus ist ein großes Haus mit zehn Etagen. Fünf nach oben und fünf nach unten.

Trude Marie, 5 Jahre

Eine Gemeinde ist das graue Haus, wo die Politiker arbeiten.

Oddmund, 7 Jahre

Es gibt eine Gemeindekasse, in die sie das Geld legen. Nachts wird sie abgeschlossen.

Johs Emil, 6 Jahre

Wenn du keine Steuern bezahlst, kommt das Steuerwesen und jagt dir einen Schrecken ein.

Mia Charlotte, 6 Jahre

Die Gemeinde ist schrecklich gierig danach, den armen Leuten ihr Geld wegzunehmen.

Brede, 7 Jahre

Steuern ist dasselbe wie Geld, und Geld ist dasselbe wie Zeit.

Oddmund, 7 Jahre

Alle Menschen sind gleich viel wert, abgesehen von den Millionären, die sind noch mehr wert.

Kristian, 6 Jahre

Die Steuern sind das, was übrigbleibt, wenn wir unser Geld mit den Politikern geteilt haben.

Vegard, 6 Jahre

Die Reichen können sich jeden Tag zwei Kilo Gummibärchen kaufen, die Armen nur jeden Montag ein Mars.

Timmy, 5 Jahre

Solidarität ist:

... wenn etwas richtig Solide ist, so wie das Tretauto von meinem Bruder.

Gard, 5 Jahre

Der König ist eigentlich nur symbolisch. Wenn Krieg ausbricht oder so.

Vegard, 11 Jahre

Der König ist der höchste Mann in Norwegen, obwohl er nur anderthalb Meter groß ist.

Hans Erik, 6 Jahre

Weil der König so berühmt ist, haben sie seinen Kopf auf eine Briefmarke geklebt.

Kristoffer, 5 Jahre

... und dann stempeln sie seine Stirn.

Benedicte, 5 Jahre

Eigentlich ist der König ein ganz normaler Mann, aber das darf man nicht laut sagen!

Mathias, 5 Jahre

... aber man kann es auf kleine Zettelchen schreiben.

Cecilie, 5 Jahre

Der König setzt nicht gern seine Krone auf, die rutscht ihm nur über die Augen und macht ihn farbenblind.

Vegard, 6 Jahre

… und der König findet es kindisch, mit dem Thron auf dem Kopf herumzulaufen, der steht ihm nämlich nicht.

Benedicte, 5 Jahre

Könige haben ein größeres Gehirn als normale Tiere.

Are, 6 Jahre

Der norwegische König wurde von Verwandten in England geboren.

Hege Sofie, 6 Jahre

Der König ist ein sehr trächtiger Mann, der oft lange Kleider und Kronen trägt, und der einen Speer mit Federn und Handschuhe aus Gold hat. Er ist der reichste Mann in Norwegen und hat ein riesig enormes Herz. Und er gibt den Leuten, die bei Sportwettbewerben oder so verloren haben, Medaillen.

Madeleine, 6 Jahre

Die Königin ist nie auf freiem Fuß. Wo sie geht und steht, gibt es Wächter, die aufpassen, daß sie nicht wegläuft.

Regina, 7 Jahre

Die Königin ist sehr reich. Sie trägt Schweinepelze und Lackschuhe.

Emilie, 5 Jahre

Der Vater des Königs heißt Jesus. Als er gestorben ist, ist er ins Totenreich aufgefahren, und jetzt sitzt er auf dem rechten Arm des Urgroßvaters und blickt auf uns herab.

Madeleine, 6 Jahre

Der König ist eigentlich nur ein Luxusproblem.

Stig Erlend, 6 Jahre

Der König darf sich dem Volk nicht nackt auf dem Schloßbalkon zeigen.

Regina, 7 Jahre

Wenn man eine Prinzessin heiratet, bekommt man das Königreich und den halben König dazu.

Mina, 6 Jahre

Das Schloß ist so groß, daß sie zehn Zimmer darin untergebracht haben, und in jeder Ecke steht eine goldene Badewanne.

Anna, 6 Jahre

Es ist schlimm für Königinnen, Kinder zu bekommen, weil die Krone so scharf ist.

Sigrid, 6 Jahre

Könige kriegen keine normalen Kinder, sie kriegen Prinzessinnen und kleine Herzöge.

Peter, 6 Jahre

Der König von England hat am Telefon geflirtet. Deshalb hat er seine Krone verloren.

Bettina, 7 Jahre

Könige haben blaues Blut. Wenn sie krank werden, wird es türkis.

Liv Miriam, 6 Jahre

Könige können nicht herumstolzieren, ohne gesehen zu werden.

Jane Elisabeth, 6 Jahre

Der Unterschied zwischen den Geschlechtsorganen wird durch das Gleichberechtigungsgesetz immer kleiner.

Merete, 9 Jahre

Gleichberechtigung bedeutet, daß Mutter und Vater die Kinder gemeinsam produzieren. Früher bekam nur die Mutter das Kind, während der Vater zur Bank und zurück lief.

Guri Anette, 7 Jahre

Heute ist es besser geworden, Frau zu sein. Früher wurden sie auf dem Scheiterhaufen verbrannt.

Benedicte, 5 Jahre

Geschlechterquotierung ist:

... etwas, womit die meisten geboren werden.

Markus, 7 Jahre

... was Männern erlaubt, in den Kindergarten zu gehen.

Oda, 8 Jahre

... daß wir nur einen Satz Geschlechtsorgane bekommen.

Lars Petter, 8 Jahre

Eine Versicherungsgesellschaft ist ein großes Büro, das nachsieht, ob man einen Rauchmelder und einen Schaumgummiapparat hat.

Erlend, 5 Jahre

Versicherungsgesellschaften helfen den Leuten, Einbrecher zu erschrecken.

Ole Mattis, 6 Jahre

Eine Versicherungsgesellschaft ist fast dasselbe wie eine Gartengesellschaft, nur bleibt sie im Haus.

Liv Miriam, 6 Jahre

Es gibt Leute, die versuchen, ihre Versicherungsgesellschaften zu betrügen. Vor allem nachts, wenn niemand sie sieht.

Peter, 6 Jahre

Wenn man zum Beispiel mit dem Auto in einen Teich fährt, dann betrügt man die Versicherungsgesellschaft. Und dann kann man im Gefängnis landen statt im Teich.

Helle, 10 Jahre

Die norwegische Armee hat die Aufgabe, uns das Militär vom Leibe zu halten.

Stein Petter, 8 Jahre

Pfadfinder sind Soldaten. Sie laufen mit Messern und Bomben durch die Gegend.

Simon, 5 Jahre

Soldaten tragen Pappmasken auf dem Kopf. Und außerdem ist mein Vater Krankenschwester.

Cecilie, 5 Jahre

Das Gesundheitswesen ist ein Unwesen, das auf dem Flur Platz für soviele wie möglich schaffen soll. Manchmal schieben sie die Leute auch aufs Klo, obwohl sie gar nicht müssen.

Liv Hege, 8 Jahre

Mein Vater hat plötzlich vagina pectoris bekommen, weil er zuviel gestanden und zu wenige Tomaten gegessen hatte. Und dann mußte er im Krankenhaus in einem Bett liegen, bis er nicht mehr gestreßt war und sein Herz sich wieder bewegen mochte.

Anne Renate, 7 Jahre

Ich will Krankenwagenfahrer oder Tierwärter werden, wenn ich groß bin. Der Krankenwärter kommt nämlich auf zwei Rädern um die Kurve und rettet Leute, die vor Schreck fast gestorben sind.

Halvor, 5 Jahre

Im Krankenhaus reparieren sie den Leuten die Beine und wechseln Batterien aus.

Yunni, 3 Jahre

... und sie nehmen die Mollusken raus.

Kristine, 3 Jahre

Norwegen ist ein Polizeistaat. Das bedeutet, daß die Polizei bestimmt, ob man brav ist oder nicht.

Tord, 7 Jahre

Es ist die Aufgabe der Polizei, Leute zu retten, die in Mühe und Not sind.

Line Beatrice, 6 Jahre

Ich will später Polizei werden. Dann werde ich allen mit meinem Knüppel auf den Kopf hauen, vor allem Einbrechern und sauren alten Damen, die Fußballspielen verbieten wollen.

Henning, 6 Jahre

Die Polizei arbeitet daran, Betrug und Verbrechen zu erweitern.

Kjetil, 6 Jahre

Die Polizisten haben sehr lange Arme, um die Diebe fangen zu können.

Hege, 4 Jahre

Die Polizei führt ein Luxusleben, sie haben schließlich Gratisautos.

Anker, 7 Jahre

Manche Polizisten sind Richter. Dann tragen sie Haare und schwarze Kleider. Und sie bestimmen, hinter wieviel Gefängnismauern wir eingesperrt werden.

Halvor, 5 Jahre

Wenn ich groß bin, werde ich:

… Arzt, und ziehe alten Damen die Unterhosen aus.

Kristian, 6 Jahre

… Zirkuspferd.

Janne, 5 Jahre

Ich werde Dame, wenn ich groß bin.

Cecilie, 5 Jahre

Wenn du Dame werden willst, brauchst du so eine Maschine, die den Busen hält.

Vegard, 6 Jahre

Brauch' ich überhaupt nicht.

Cecilie, 5 Jahre

Meinst du eine Melkmaschine?

Kristoffer, 5 Jahre

Nein, ich meine so eine Busenhalterei.

Vegard, 6 Jahre

Wenn ich groß bin, will ich so einer werden, der Schädlinge von Tapeten und Rohren ausrottet.

Stig André, 5 Jahre

Ich will Friseuse werden und so eine, die feinen Damen die Nägel zähmt.

Katharina, 7 Jahre

Wenn ich groß bin, bin ich gegen Atomkraft.

Jane Elisabeth, 6 Jahre

Ich möchte Tischler oder Freimaurer sein, da ist man an der frischen Luft und wird nicht in ein staubiges Büro eingesperrt.

Tom, 6 Jahre

Umweltschützer sind Leute, die Ölzeug anziehen und mit einer kleinen Kanone Wale umbringen.

Ole Mattis, 6 Jahre

Umweltschutz ist dasselbe, wie andere Leute nicht zu schikanieren.

Astrid, 7 Jahre

Man darf keine Batterien und Glühbirnen in die Mülltonne werfen. Aber vielleicht kann man sie im Klo hinunterspülen?

Anette, 6 Jahre

Wenn man den Babys keine Windeln mehr anzieht, rettet man die Umwelt.

Anneli, 6 Jahre

Naturschutz bedeutet, nett zu Blättern und Flöhen und Läusen zu sein.

Lise, 5 Jahre

Für Kinder kann es eine Naturkatastrophe sein, wenn die Eltern sich scheiden lassen.

Stina, 6 Jahre

Die Kinder sollen die Welt erben. Aber ich erbe auch noch ein Silberherz mit Papas Zähnen, von meiner Oma.

Claire, 5 Jahre

Die Ozonschicht ist geplatzt, und deshalb ist die Sonne jetzt viel stärker als früher. Wir dürfen nicht soviel Abgase verbrauchen, oder soviel eingepacktes Hackfleisch kaufen. Wenn wir das Hackfleisch in der Hosentasche nach Hause tragen, ist das Naturschutz.

Hans Magnus, 7 Jahre

McDonald's macht aus dem Regenwald Hamburger.

Monja, 6 Jahre

Die Fabriken spucken schmutzigen Rauch in die Flüsse, und da kann es passieren, daß die Haubentaucher Öl auf die Hauben kriegen.

Kristian, 6 Jahre

Das Beste, was es gibt, ist frische Natur mit Vogelsang.

Truls, 7 Jahre

Im Mittelalter war in Norwegen Eiszeit. Da lebten die Leute vor allem von Haut und Knochen.

Gudmund, 9 Jahre

In alten Zeiten gab es bei Svolvaer eine große Schlacht. Die Wikinger spießten sich gegenseitig mit den Stierhörnern an ihren Hüten auf und bohrten sich Grillspieße in die Brust. Ich habe einen Wikingernamen, der von einer Nation an die andere vererbt wird.

Sigurd, 8 Jahre

Früher haben sie aus Fischen Schuhe gemacht. Dadurch hatten sie immer feuchte Füße.

Per Jacob, 7 Jahre

Svalbard ist die kälteste Gemeinde in Norwegen. Sie schwimmt vor dem Festland herum und gehört eigentlich zum Nordpol. Und das Meer wimmelt nur so von Eiswürfeln.

Espen, 8 Jahre

Wenn wir in die EG eintreten, werden alle norwegischen Kühe eingestellt.

Oscar, 6 Jahre

Norwegen hat Angst vor der EG, weil viele sie für ein Tier halten.

Joar, 7 Jahre

Norwegen ist ein ziemlich leichtes Land bei China. Wenn wir in die EG eintreten, stoßen wir vielleicht mit der Sonne zusammen. Wir brauchen uns in anderen Ländern nicht einzumischen, weil wir auch so schon genug Flüsse und Bäume haben.

Vegard, 6 Jahre

Die EG ist eigentlich nur ein großes Holzhaus, das irgendwo in Deutschland rumsteht.

William, 7 Jahre

Ich finde, es macht nichts, daß wir in die EG eintreten. Norwegen ist sowieso schon Mitglied der Regierung, und viele sind außerdem noch Mitglieder beim Fußballverein.

Jane Elisabeth, 6 Jahre

Ich glaube, in der EG kann man gut wohnen, jedenfalls in den Sommerferien.

Hedda, 7 Jahre

Wenn wir in die EG eintreten, müssen wir den König an ein anderes Land verkaufen.

Lise, 5 Jahre

Es wird schlimm für die Tiere, wenn wir in die EG eintreten. Nicht alle denken daran, daß jeder vierte Norweger eigentlich eine Kuh ist.

Otto, 7 Jahre

Im Krieg haben die Deutschen versucht, Norwegen in die EG zu zwingen, aber die Heimhilfe hat ihnen eines vor den Latz geballert, und da haben sie den Schwanz eingezogen und sind abgehauen.

Tor Edgar, 7 Jahre

Ich finde, die Schweden sollten in die EG eintreten, dann sind wir sie los.

Sigurd, 8 Jahre

Norweger sind daran gewöhnt, allein zu wohnen, und sie möchten nicht mit allen anderen Ländern auf einem Haufen wohnen müssen. Das wird so eng.

Oddmund, 7 Jahre

Europa ist mehrere Länder, die zusammenhängen, die aber keine gemeinsame Grenze haben.

Sigurd, 8 Jahre

Die Olympischen Spiele kommen von den Türken. Die sind mit bloßer Haut um die Wette gelaufen und haben kleine Moschusplatten so weit geworfen, wie sie konnten.

Truls, 7 Jahre

Die Olympischen Spiele sind erfunden worden, damit die Erwachsenen spielen können, ohne daß ihnen das peinlich ist.

Christina, 8 Jahre

Die Olympischen Spiele haben sieben Ringe, die zusammenhängen. Das macht einen Ring für jedes siebte Jahr.

Ole Mattis, 6 Jahre

Die Olympischen Spiele sind ein Volksfest für alle, nur nicht für normale Leute.

Trine, 8 Jahre